KB269481

내 안에는 **섬**이 하나 있다

내 안에는
섬이 하나 있다

김삼규 시집

시담포엠

시인의 말

누구나 우리는
별이다,
섬이다,
한 알 물방울이다.

이 지상의 모든 것들은
우주의 시공에서 보면 하나의 크고 작은 한 점이요,
찰나의 흔적이다.
귀향을 기다리는 뭇별들과 수많은 점과 점들이 이어진 지구는
바다와 섬, 길과 숲의 무한한 관계가 있을 뿐이다.
사람과 사람의, 사람과 자연의 만남이 건너가고 건너오고
있을 뿐이다.

그 길은 긴 기다림이었다.
끊임없이 꿈꾸고 다시 꿈꾸며 한 마리 새로 날아온 길이었다.
멀리 있는 것들과 사라져버린 것들을 찾아가는 날들이었다.
눈에 보이지 않는 세계를 갈망한 날들도 있었다.

그 길에서 가슴에 품고 지켜온 나의 노래와 나의 보람을
이 글을 펼쳐볼 모든 분께 바친다.

나의 노래가 부디 행복으로 이어지길 빌고 빈다.

2022. 2.
김삼규

차 례

시인의 말

제1부____

제2부____

제 1 부

홍도紅島

사람은 누구나
홀로 사는
섬

홀로 사는
붉은
반점斑點

사람은 누구나
홀로 피는
꽃

홀로 피었다 지는
붉은
꽃잎

하의도荷衣島 1

이 인고는 어디서 오는가

바다에 핀 박꽃 한 송이

한삼 모시 적삼 한 벌

이 동풍은 어디서 오는가

이 옷깃은 어디를 스쳐 지나는가

하의도 2

세상 모든 일이 멀리서 보면 아주 작은 한 점으로 보일 때 있다고 했던가 나이를 먹는 일이 무슨 대수가 되랴만, 풍랑이 없는 인생길 또 어디 있으랴만, 사는 길이 살아온 날보다 더 아득히 깊어갈 때, 바람 잔잔한 곳 찾아 머물고 싶다, 했던가

지난 몇 해 전 가거도[*] 가는 뱃길에서, 무너지기 위해 일어서는 파도처럼, 일어서기 위해 무너지는 파도처럼, 밋밋하게 걸쳐 입은 허망한 껍데기들 벗어버리고 싶은 마음에, 살아왔던 길들 다 지우고, 눅눅한 가식의 남루를 다 태우고, 작은 한 섬에서 한 점으로 새로이 살고 싶다, 했던가

수련 두어 송이 피어 있는 곳, 머물 데 없는 바람이 잠들고 싶은, 한 자리, 먼 가거도 뱃길에 쉬어 가는, 영겁의 문전에 서 있는 그대

---

[*] 가거도 : 한반도 최서남단에 위치한 섬. 신안군 흑산면에 속함.

그대의 먼 여행은 어디인가 명증한 한 점 꽃이 피었다 지
는 바다 한복판, 아직도 섬을 부르는 간간한 가슴 품은 한
사람아

화도 花島

신안 증도에 가면
재롱둥이 섬 하나 있다

수련 같고 해당화 같은
섬 하나 있다

노을에 꽃 피는
푸른 가슴 하나 있다

청산도青山島 1

하늘에서는
달도 섬이다

하늘에서는
별도 섬이다

바다에서는
섬도 별이다

섬에서
섬으로 사는

푸르러서 더 빛나는
저 별 하나

푸르러서
더 넓고

푸르러서
더 깊은

저
섬 하나

청산도 2

달이 떠 있다
보름달이 떠 있다

너에게 가는 길
바람 불수록 더 멀고

청산에 핀
꽃 하나

청산에 깃든
바람 한 줌

그런데 오늘
내 마음이 아려오는 까닭은

이리도 가슴이
저며 오는 까닭은

청산도 3

바다 한가운데
섬 하나 떠 있다

댓돌처럼
노둣돌처럼

바다 한가운데
돌 하나 좌선하고 있다

저
어묵동정(語默動靜)*

---

* 어묵동정語默動靜: 말하고 침묵하고 행동하고 고요히 있다는 뜻으로, 일상
의 모든 삶에 몸과 마음이 둘이 아닌 하나가 되어 본래 청정심, 심신일여,
평정심을 지키는 고요한 명상이나 수행을 이르는 말.

저
방하착放下着**

나 하나
너 하나의***

** 방하착放下着: 무소유를 의미하는 불교 용어. 방하착은 손을 내려 밑에 둔
다는 뜻으로, '나를 비우다', '나를 놓아 버리다'라는 의미.
*** 유심초의 「어디서 무엇이 되어 다시 만나랴」 노래 가사에서 차용함.

청산도 4

우리는
표랑하는
한 점
섬

가난해도
가난하지 않은
신열身熱의
섬 한 점

청산도 5

잔잔할 날 없는

풍랑 가운데서도 나를 받쳐준

받침돌 하나

흔들리는 길목마다

쉼터가 되어준

디딤돌 하나

청산도 6

내 안에
섬 하나
떠 있다

깊이를 잴 수 없는
그리움 하나
떠 있다

달처럼
별처럼
해처럼

손 내밀어도 닿을 수 없는
아스라한
그 이름

내 안에
푸른 섬 하나
떠 있다

섬 1

밤하늘은
은하도 섬이다
달도
별도
계수나무도
섬이다

살아 있는 모든 것들은
다 한 점이다
다 한 순간이다
다 한 섬이다

사람 하나
나무 하나도
다 한 점
섬이다

점 하나가 손 내밀면
섬 하나가 손잡아주는
망망대해의
저 대동大同

섬 2

사람

한 사람

또 한 사람

사람

한 점

또 한 점

섬 3

나는 너를
바라본다
기다린다

눈 뜨면
서로 바라보는
너와 나

눈 감으면
서로 기다리는
섬과 섬

영산강

은은한
억새꽃
살랑대는 갈바람

영산강 은빛 물결
애잔히
잦아들고

노을 타는 강물 위로
달빛은
흐르는데

영그는 만추 서정은
쉼 없이
일렁이누나

숲에서

한 나무가
한 나무를 흔들어

우리 함께 숲 이뤄
기대고 살자

이 겨울
함께 버티어 내자고

가지 내밀어
서로
서로
등 다독인다

제 2 부

목련

놀라워라
살아 있는
모든 것들은
봄을 노래할 자유가 있는
모든 것들은

저 아름다운
몸짓
순백의 몸짓
순결의
열망

벌 나비 없어도
너의 심연으로
가라앉고
가라앉고
싶어라

홍역

산수유
진달래
붉게 문 여는
소리

붉게
붉게
문 닫는
소리

아파서 아파서
잠들지 못하는
영원의
내 꽃 한 송이

버리지 못하는
무한의
붉은
홍화紅花 한 점

골담초 1

너
따 먹으며
보릿고개
넘던
기억

천지간의
샛노란
기억

골담초 2

골담초 하나 따 먹으며
징검다리
건너고

골담초 둘 따 먹으며
보릿고개
넘었다

엄마랑 누이랑
훌훌 넘던
강 언덕

골담초 울안
훨훨 날던
노랑나비 한 마리

백련사 동백꽃

봄바람에
피고 지는
백련사
동백꽃

꽃비 오는
봄 길에
발길 뜸한
다산茶山 숲길

동백꽃잎 살포시
밟고 오시는 듯
훌쩍 떠나가는
봄날아

사랑은

사랑은,

봄을 기다리는

꽃망울이

아니라

뚝뚝,

떨어져 흐르는

동백의,

눈물이다

순정의,

단서丹書다

배롱꽃

능소화 피면
장마가 진다고
배롱꽃 피면
장마가 간다고
할머니는 좋아하셨다

백련사 백일홍 꽃그늘로
내 손 붙잡고 소풍 갈
꿈에 부푼 할머니
비가 내리건 비가 개건
백중날 오기만
기다리셨다

칠월의 남녘은
배롱꽃 자욱한 거리
꽃망울 속 점점이
그리운 할머니 얼굴
오늘 또
배롱꽃으로 피어난다

고만이 꽃[*]

고무신 떠내려간
돌다리 여울목

고만이 꽃
가만히 피어 있네

흰구름 담고
흐르는 샘물

고만이 꽃
바람의 낟알처럼 피고 있네

물소리 풀벌레 소리
물결치는 가을

불러보는 이름

달무리 진 메아리

수줍은
미소만 가득

<hr>

* 고만이: '고마리'의 남도 강진 방언.

봄길

쉬엄쉬엄
가는 길

무거우면
등에 진 짐
내려놓고

팍팍하면
걸터앉아
쉬어가는 길

꽃 보러 가듯
쉬엄쉬엄 가는 길

빗방울

반짝이는
생명의 물빛

우주의
몸짓

노래
춤

시린
아픔의 명멸

눈 뜨는 아침의
생명수

앵두

5월의
가슴에
6월이
안긴다

5월마다
영그는
나의
첫사랑

풋풋한
6월의
풋가슴
내 젖내음

동백의 봄에게

두륜산 대흥사
동백꽃 꽃망울

봄 햇살 봄바람에
꽃봉오리 벙그네

개울물 좋아라
닐니리 졸졸졸

꽃피듯 꽃지듯
그렇게 사소서

핏빛으로 타오르는
동백의 봄이여

목련이 꽃 필 때 1

그대
달려오라
이곳으로
달려오라

사는 일
아직도 어색해
흔들릴 때
비틀거릴 때

이곳으로
이곳으로
그대 달려오라
달려오라

하얀 꽃그늘 기다리는
이곳으로
서둘러 달려오라
목련이 꽃 필 때

목련이 꽃 필 때 2

잠에서 눈뜨는
눈빛들

숨죽여
숨죽여
눈뜨는 눈빛들

내
귀

얼마나 더 깊고 맑아야
그 소리 들을 수 있으랴

목련이 꽃 필 때 3

저 꽃망울 속에
천의 얼굴이 웃고 있다

저 꽃봉오리 속에
천의 말이 속삭이고 있다

알 수 없는 꽃의 마음
들리지 않는 꽃의 말씀

그대 핏속에 흐르는
태고의 소리

나의
말

제 3 부

탐진강 1

항상 만삭의 옷고름을 풀고 있었다

유년의 징검다리 건너

걷던 들길 끝

항상 삐비꽃을 머금고 있었다

광역의 강 언덕

그 유역에 길이 있었다

나는 늘

그 광역 끝까지

걸어갔다 왔다

풀어헤친 만삭의 옷고름

만지고 왔다

그 만삭의 옷고름이

나를 키웠다

그 삐비꽃이

내 키를 키웠다

탐진강 2

우리가 한줄기 강으로 다시
흐를 수 있을까

그곳에서 박꽃을 바라보듯
아직도 그리워할 수 있을까

두레박에 건져 올린 하늘을
지금도 강물에 흘러 보낼 수 있다면

얼마나 좋으랴
얼마나 좋을까

동심이 여울진 강가 어디쯤
떼지어 역류하는 은빛 은어를
소리치며 만날 수 있다면

노을 스러지듯 건너가는

차마 다 읽지 못한 가을의 음절을
우리가 함께 노래할 수 있다면

탐진강 3

나는 흐르는 물을 좋아한다 잠잠히 흐르는 강물이 그냥 좋
다 지금도 눈뜨면 은빛 강물 위를 나는 새가 보인다 강물을
가르며 역류하는 은어 떼의 물길도 훤히 보인다 장흥군 장
흥읍 탐진강 나는 그 강가 작은 마을, 담장 너머 강이 보이
는 호젓한 마당, 평장리 649번지에 태를 묻었다 그 맑은 물,
부드러운 물, 어제도 오늘도 내 마음 흐르는 탐진강, 나의
존재의 집이 되어준 강

나의 유년의 봄날, 자운영 꽃 피고 청보리 봄바람에 너울
너울 춤출 때면 장에 가신 아부지를 기다렸던 강, 언덕에서
해 다 지도록 바라봤던 강, 강둑에 앉아 무심히 흐르는 구
불구불한 강의 길을 따라가면 어느새 하늘과 바다가 만나
는 어름, 남포 앞 바다와 구강포에 다다른 나의 강은 큰 바
다에 결국 빠지고 말아 온데간데없이 되고, 허망하게도 강
은 그 흔적도 없이 사라져버리고, 아득히 바다 위로 섬이
하나둘 떠올라 바다와 하늘이 닿은 곳으로 가물가물 멀어
져갔다

기약 없이 아부지를 기다리다 하도 심심하고 호젓할 때면, 삐비의 여린 새순을 뽑아 먹었던 강 언덕 버스가 풀풀 먼지를 날리며 지나가고 나면, 틀림없이 아부지는 흰 두루마기를 날리며 징검다리를 건너 강을 걸어오고 계셨다 그때면 눈에 익은 논두렁길로 숨차게 달려가 아부지, 아부지, 부르며 아부지 품에 덥석 안기곤 했었다

바람이 강물 위를 스칠 때마다, 잔잔히 물결치며 반짝이던 윤슬, 절벽 위 사인정 누각의 그림자 떠 흐르던 탐진강에 어스름이 밀려오면, 구강포와 만덕산의 서쪽 하늘은 벌써 저녁노을이 흥건히 흘러 내려와, 나의 얼굴까지 덩달아 물들기 시작할 때, 아부지는 나를 앞세우고 흥얼흥얼 육자배기 강바람에 날려 보내며, 솔밭등 점빵에 들러 눈깔사탕을 한 움큼 쥐어준 적도 있었다

가끔 나를 등에 업고 탐진강을 건너 외갓집에 데려가셨던 우리 아부지, 아부지의 수많은 날이 건너가고 건너왔던 강 내가 유난히 물을 좋아하고 강을 마음에 늘 그리며 사는 것은, 어린 시절 나의 얼굴을 비추어 보던 면경面鏡 같은 맑은 강이 지금도 나의 마음을 흐르고 있기 때문이리라

5월이면

산 꿩이 울 때마다
송홧가루 흩날리고
흙냄새 풀냄새 물씬 풍기는 5월이면
장흥군 평장리 649번지

자운영 피어난 보리밭 길로
강남 간 제비가 돌아오는 곳
눈 뜨면 감꽃 소담하게 피는 곳
솟대의 키 큰 그림자
어른거리던 앞마당

지금도 보리밭길 장다리는
강바람에 춤추고 있을까
살구는 별처럼 익어가고 있을까
버드나무 새잎 나는 우물가
찔레꽃 꽃망울 벙긋 웃고 있을까

5월이면
내 마음 오래오래 머무는 곳

암시랑토 안해야

암시랑토 안해야
재밌응께 좋아야

나는 재미로 일한께 암시랑토 안해야
다 이렁 것들 사서 무글테면 돈이고
그냥 그 재미로 일한께 암시랑토 안해야

맬겁시 가슴 애리는 생각들 눈물만 나고
봄날 아지랑이만 모락모락 피어오르고 지랄이어야

그라고 살면 뭐 한다냐
팔다리 아즉은 멀쩡하고 썽썽한께
암시랑토 안해야 에미 걱정일랑 말어라

재미로 쌀쌀허니께
암시랑토 않을 것이여

내 마음에 뜬 달

고슬고슬하게 주무시라고
모시 속옷
개어 넣고

할아부지 할머니
우리 걱정은 그만하시고
쉬엄쉬엄 일 조금만 하세요

엄마가 불러준 대로 적은
손자 손녀의 쪽지도 접어 담고
배춧잎 지전도 몇 장 고이 봉하여
고향집 부모님께 소포를 부친다

장날 어물전 생갈치 서너 마리
푸줏간 살진 육고기 두어 근
소복이 소증이라도 푸시라고
짠한 마음 꽁꽁 묶어 소포를 부친다

발 뻗고 사는 평안이 어디서 오랴

우체국을 나서 집으로 돌아오는 길
내 마음엔 항상
달이 떠 있었다

아부지

고개 너머
봄바람
청보리 출렁일 때

돌담에 어리는
봄 햇살 손짓하며
노닐자 할 때

뒷산 진달래꽃
봉긋이
꽃망울 맺힐 때

아부지는
먼 길
그렇게, 떠나셨다

엄마

탐진강 흐르는 강 언덕
순박한 삐비꽃
잠 깨워 놓고
어쩌자고 찔레꽃은
저리 고운가

4월의 강을 건너
동풍에 몸을 싣고
청천의 별 보러 가신
울 엄마

봄이 왔다
가는 길에
혹여 아니 오시나

사무치는
그리움만
바람 타고 왔다 간다

성묘

낼모레
9월이면
잡풀 우거진
무덤가에
풀이라도 뽑고
와야겠다

아부지,
어무니,
길게
길게
불러라도 보고
와야겠다

4월

앞산엔
진달래꽃
들에는
자운영

청보리
넘실넘실
남풍
불 때면

어서 오마,
손 흔들며
저자 가신
울
엄
마

삐비꽃 손에 쥐고
마중 간다
엄마 보러

그리운 것들은

가슴에 반짝이는
별빛이다

반짝 터지는
눈물이다

별빛 젖어 피어나는
꽃망울이다

별이 된 그대

올해도 돌 틈에서 나부끼는 노란 리본
노랗게 노랗게 나의 기억을 잠 깨운다

한 송이 봄의 약속을 품고
노란 리본의 매듭 속에
어리는 수많은 얼굴
별이 된 이름
가슴으로 부르며 기억해 본다

별이 된 그대여
눈 뜬 채 우릴 부르는 별이여

옛집 1

작은 마당이 있는 집
감나무와 단풍나무와
담장 가에 선 쥐똥나무 향기가 좋았던 집
채송화 봉숭아 나팔꽃
심을 수 있는 마당이 있는 집

그 꽃들 철철이 피어
동네 할머니들 기웃기웃 구경하라고
대문 활짝 열어두던 집
대문에 문패가 둘 걸린
집

지금도
늘 생각나는
그
집

옛집 2

그 집에 돌아가 살고 싶다

옛꿈 되살리려

그 집에 돌아가

나 살고 싶다

쥐똥나무꽃 피는 봄 마당

창가에 비친 아이들의 봄을

다시

노래하며 살고 싶다

가을은

홍역이다
통증이다
신열이다

온몸에
붉은 반점
참을 수 없는
피멍이다

흐르는
노을 강
저무는 갈망이다

고엽枯葉

차마
다
읽지 못한 가을의
음절들

수많은 날을
건너가는
멍든
가슴들

아직
다
부르지 못한
가을의 이름들

가을 지리산

흔적 없이 가을이 사라질지라도
나는 내내 지리산의 가을을 살고 있을 것이다
제석봉 가는 길을 걷고 있을 것이다

내 눈에 어른거리는 가을 지리산
그리운 가을 지리산
지리산의 그 이름

노랗게 물든 세석평전, 그 아득한 하늘, 바람의 길, 고독
한 낮달이 가는 길, 영겁의 문전을 서성이는 바람들, 가을
무서리에 말라버린 구절초 꽃망울, 명경지수에 비친 내 영
혼의 가을 단풍

가을 지리산 나의 벗들은
언제나 젖은 눈빛으로 나를 반긴다

내 마음도 울긋불긋
다홍빛 연꽃으로 물든다

지리산

깊고 고요한
침묵의 산

나를 부르는 산
나를 기다려주는 산

나의 마음을 읽어주는 산
나에게 손을 내미는 산

그 누구도 차별하지 않는 산
조화와 평등의 산

큰 산
그러나 낮은 산

소리

구시렁, 구시렁,

볕 잘 드는 토방에
우두커니 쭈그려 앉아
주절대고
투덜대고
중얼대는
구시렁, 구시렁,

혼자서 털어내는
할머니의 군소리
시어머니의 군소리

그 독백
어디서
다시 들을 수 있을까

제 4 부

편지 1

새순이 돋으려는 징조일 거네

오래 묵은 것 훌훌 털고
일어서는
봄의 통증일 거네

먹장구름 속 천둥 벼락
가뭄에 단비 알리는
반가운 소리일 것이네

한바탕 태풍이 지나고 나면
잔잔한 강물 위로
고추잠자리 날 듯

이마에 소슬바람 인다는
기별이 올 것이네

편지 2

교정의 가을은 그대와 함께 온다
은행잎이 노랗게 물들 때면 어김없이
내 골방 창가에 그대의 모습 어른거린다

책 읽기를 좋아하고 책을 잘 읽을 줄 알았던 그대
늘 책을 소개해 달라고 나에게 보챘던 날들
그 가을이 생생하게 나에게 온다

푸르고 맑았던 그대의 영혼
멋진 신세계를 읽을 땐, 신세계에 대한 호기심보다는
미래에 대한 두려움에 가슴이 떨린다 했던 그대
책은 사람을 만든다는 잠언의 진실을
꽃 피워낸 그대

가을이 와 그대를 생각할 때마다
사람 키우는 일 잘했다 잘했다
크나 큰 보람이요 자랑이라네

올해도 어김없이 가을이 찾아왔네
은행나무 노란 물결이 온 교정을 감싸 흐르네
이런 가을이면 내 눈앞에서 웃어주던 그대

호젓한 골방을 스며드는 햇살처럼
내 영혼의 돌담 모퉁이에 핀 채송화처럼
곱게 곱게 피어난 이 그리움의 꽃봉오리 좀 보시게

편지 3

그 작은 몸으로
생명의 위대함을 몸소 가르쳐준
나의 스승

돌담 모퉁이 뙤약볕 아래 피어난 맨드라미 씨앗처럼
그 작은 생명의 까만 씨앗처럼
다시 싹을 틔우시게

작고 하찮은 것 같지만
붉은 닭벼슬로 솟아나는 맨드라미처럼
피어나시게

그 목숨의 찬란한 눈부심
고 작은 맨드라미 씨앗에게서
위대한 생명의 숨소리를 들어야 하네

편지 4

─ 고향 친구에게

무등사상無等思想은
생명 있는 모든 것을
차별하지 않는다
등급을 나누지 않는다
귀천을 두지 않는다
모든 것을 평등하게
똑같이 본다는 것이다

생명에 무게가 어디 있으랴
생명에 높고 낮음이 또 어디 있으랴

너와 내가 살아온 날들이
바로 무등이었다

편지 5

– 친구 병문안을 다녀와서

잘했네 잘했어 정말 잘 결정했네
몸을 위해 영혼의 집을 위해
헌신할 때일세

늘 혹사당하기만 했던 몸
묵묵히 자네의 뜻을 따라 순종하기만 했던 몸
얼마나 숨차고 힘들었겠는가

이제는 그 몸이 원하는 대로
쉼을 허락할 때일세 안식을 누릴 때일세

어린아이처럼, 나무나 풀꽃처럼
이제부턴 단순하게 살아가세

편지 6

보고 싶고 만나고 싶어도 연락도 안한다 아니, 안한다
사회적 거리두기가 모든 옹색한 변명을
당연한 것으로 편들어주는
살기 좋은 세상이 되고 말았다

정년 퇴임은 언제인가
개학은 했는가
나의 안부를 물어온 고마운 친구

하루 한 달이 주마등처럼 지나가네
자네는 쏜 화살처럼 지나는 하루해의 그림자를
본 적 있으니
내 맘을 훤히 짐작할 것이네

입추 지나고 처서 가까워지니 벌써 바람의 감촉이 다르네
이렇게 나의 여름도 가려는가 보네
이럴 줄 알았으면 여름을 더 뜨겁게 살 것을

해마다 가을이면 지리산 보러 갈 마음에
여름이 가는 아쉬움보다 기다리는 설렘이 부풀었는데
정년을 기다리는 올해는
여름을 보내려니 못내 그냥 눈물이라네

편지 7

오늘은 나도 주막에 앉아 홀로 가난한
저녁 밥상을 기다리네
하루의 안식을 베풀어주는 아현동 오르막 쉼터에서
다정한 저녁과 만나고 있다네

자욱한 얼굴들이 모락모락 피어나 빙 둘러앉은
행복한 나의 저녁
손잡아주고 등 다독이며 하루를 건너온 일상들과
화해하는 나의 오늘

단 한 번도 사랑을 고백하지 못한 사람
단 한 번만이라도 길게 호명하며 달려가
얼싸안고 얼굴 비비며 걷고 싶은 얼굴은
이미 밤하늘 샛별이 되어 빛나는 어스름
누굴 아프게 하지 말거라 약자의 눈에 눈물 빼지 말아라
오늘도 젖은 가슴 위로 걸어오는 울 엄마의 음절들을
또박또박 듣고 있다네

그러나, 사랑하는 벗이여
그대를 그리며 돌아오는 날이면
나의 길은 밤새 별빛으로 반짝인다네

운주사* 가는 길

점점이 붉은 백일홍과
금계화 만발한 남평 드들강
건너서 간다

적벽강 창랑에 발을 담그고
방랑 시인을 꿈꾸며 돌아서 가는 길
석불 연화 꽃구경 간다

가난한 탁발승의 독경소리
풀벌레 울음소리
와불臥佛의 귓전에 자욱이 흐르는
운주사 가는 길

---

* 운주사雲住寺: 전라남도 화순군 도암면 대초리 천불산에 있는 절.
  운주사運舟寺라고도 하며, 천불천탑千佛千塔으로 유명하다.

기도

흑산도에서
영산강까지
만선 홍어
돌아오기를

탐진강
은어 떼
찰랑찰랑
흐르기를

타향살이
서러운
가슴마다
보름달

하늘 은광
그늘 없이
온 천지 비춰주기를

노회찬

이젠 이 세상
그 어디서도 부를 수 없는
불러도 대답 없는 그 이름
마침내
허공의 바람 되고 말았구나

눈물 몇 방울 흩뿌리고
짠하디짠한 가슴들 밟고
먹먹하게
떠나고 말았구나

비겁하게 발뺌이라도 하면서 억지로 떼라도 쓰면서
정말 더럽게라도 한 번 살아볼 일이지
어쩌자고 훅 가버렸는가

남은 사람들은
어떻게 살라고
먼 길 그렇게 가버리고 말았는가

어쩌자고 그렇게
훌쩍,
돌아서고 말았는가

매미

깊은 밤에도 운다고
시끄럽게 밤잠을 깨운다고
그를 탓하지 말아라
당신만의 생각으로
그를 함부로 말하지 말아라

짧은 보름을 살다 간다고
유충으로 땅속에서 보낸 세월을
허송세월이라 안타까워도 말아라
굼벵이의 때를 인간의 시간으로 인간의 과학으로
어찌 계산하리오
그의 뜨거운 하루가
인간의 백 년의 때임을 어찌 모르는가

그의 목숨을 깔보지 말아라
사람이 사는 지상의 한 날은 그의 백 년, 천년,
아니 영겁의 때일지도 모를지니
뜨겁게 뜨겁게 밤낮없이 살다 가는 매미를

하찮은 미물이라고 그 생명의 경중을 셈하지 말아라

그의 때를 함부로 말하지 말아라
사람의 셈법으로 그를 분별하려 말아라

흐느끼는 오월

오월은 왜 이리 슬픈가
오월의 뻐꾹새 울음은 왜 저리 애절한가
오월이
뜨겁다
오월이
무덥다
눈물에 젖어
오월이
눈물에 젖어
더욱 무겁다
오월이
분함에 젖어
더욱 가슴 터진다

오월의 연두빛 가슴을
짓밟던 저 시커먼 무리들
왜 우리의 오월을
빼앗으려 했는가

빛나는 봄햇살을
우리의 오월을
왜 빼앗으려 했는가

오월이 쫓기고 있다
오월이 비틀거리고 있다
우리의
오월이
흐느끼고 있다

시는 시로만

시를 읽자
시는
시로만 읽자

시는
미당도 아니고
고은도 아니다
미당과 고은을 읽지 말고
시는 시로만 읽자

먼 산 넘는 바람의 소리로
그렇게 웅얼웅얼 따라 읽자

새소리는 새소리로만 듣자
아리랑은 아리랑으로만 노래하자

시를 읽자
시는
시로만 읽자

기 억

– 416

그날의 봄 바다는
우수수 떨어진 꽃망울
밀물처럼 밀려와 부서진
하늘의 별들뿐

길 잃은 영혼들이
바다처럼
바람처럼
깊이 울었던 밤

이 땅은 봄 햇살 가득한데
어떻게 사는가
그곳에서

가슴에 반짝이는 그 기억
416의 기억

올봄에도 조팝꽃처럼 피어나는
얼굴들

욕 예찬

욕은 카타르시스다
고도의 언어 미학이다

후련한 가슴이다
통쾌한 승리다

해학과 위트가 담긴
뚝배기다

조탁과 수식이 없는
일상의 파격이요
무위의 격조다

여적餘滴

70여 년 만에 처음으로 튼 남과 북의 물길이
하루아침에 깊고 품이 넓은 강물로 흐를 수 있으랴

자주 오고 자주 가고 또 만나 손잡고 놀다 보면
다시 마음 포개고 멍석 깔아 웃다 보면
서로 떨어져 살 수 없는 한 물길로 흐르지 않으랴

우리가 살아서 구름으로 바람으로 오고 갈 날 곧 온다면
삼수갑산 중강진 경성 나진까지
이용악 김기림 백석까지 한 사나흘 돌고 돌아서
대동강 옥류관 평양냉면 한나절
대동강 을밀대 흐르는 풍류에 젖어 반나절
유상곡수流觴曲水*의 흥도 한껏 부려보면 좋으련만

---

* 유상곡수流觴曲水: 흐르는 곡수(曲水. 구불구불한 물길)에 술잔을 띄우고 술을 마시는 풍류. 사람들이 모여 물가에 둘러 앉아 술잔을 채워 시냇물에 흘려보내서 술잔이 자리 앞에 멈춘 사람이 시를 짓고 술잔을 비우는 놀이를 말한다.

예성강 강바람 쐬며 유황물에 곤한 몸도 풀고
그렇게 오고 가며
이 반도 산하 구석구석 돌고 돌며
삼천리 방방곡곡 유랑하듯 살았으면, 살았으면,

하루

당신은
만나도 만나도 낯선 타인입니다

그래서 만날 시무룩한 표정일 뿐
당신은 예정된 열차처럼 때 되면
훌훌 떠나가는 손님입니다

쏜살같이
앞을 향해 나아가는 당신
수십 년을 당신이랑 오고 간 길은
지금도 낯설고 어색하지만
어제도 오늘도 나는 당신을 기다립니다
솟대의 그림자처럼 우두커니
당신의 길목에 서 있습니다

떠나가는 당신
돌아올 수 없는 당신이기에
애타게 부릅니다

소리 없이 부릅니다

길 없는 길을 떠나는 당신
오늘도 당신은 오고
또 가고 있습니다

무하유지향無何有之鄕[*]

경계와 담이 없이
노닐고 싶다

어린아이처럼
천진무구하고 소박하게

자연 그대로
무위의 천성 그대로

욕심 없이 한세상
즐겁게 노니는 인생

장자의
무하유지향無何有之鄕

---

* 무하유지향無何有之鄕: 장자莊子에 나오는 말로, 있는 것이란 아무것도 없는
곳이란 뜻. 즉, 무위자연無爲自然의 도가 행해질 때 도래하는, 생사가 없고
시비가 없으며 지식도, 마음도, 하는 것도 없는 참으로 행복한 곳 또는 그
마음의 상태를 가리킨다.

듣고 바라봄의 시학에서 치유의 시학으로

승 한 시인

1.

김삼규 시인의 시는 작위적이지 않다. 어떤 과장과 가식도 없다. R. 야콥슨 이후 페르소나Persona는 현대시의 주요 시작詩作 방법론이 되었다. 시인은 시를 서술할 때 하나의 '탈'페르소나을 만든다. 그리고 그 탈속에 자신의 자아 하나를 숨긴다. 그것을 시적 자아라고 한다. 그것이 바로 페르소나다. 순도 높은 시적 완결성을 위해선 페르소나가 반드시 필요하다. 허나 그런 페르소나를 만들지 않고 시인 자신이 그대로 페르소나가 되어 시를 써도 된다. 그럴 땐 굳이 시적 자아라는 또 하나의 페르소나를 만들 필요가 없다. 시인이 서술하는 시적 진술이 바로 시가 되고, 그것은 써지는 그대로 '참'이 되기 때문이다.

다시 말하면, 시적 자아페르소나 속에 또 하나의 시적 자아(페르소나)를 넣고 진술을 하다보면 그것은 자칫 부정(거짓)이 되고 만다. 그대로 '참'인데 그 '참'에게 또 하나의 페르소나 (탈)를 씌우기 때문에 '거짓'이 되고 만다. 결국 생명애가 없는 시가 되고 만다는 뜻이다. 때문에 좋은 시는 시인 자신이 굳이 탈을 쓰려고 하지 않는다. 자기 자신이 그대로 페르소나가 되어 시적 진술을 하려고 한다. 김삼규의 시가 작위지 않다는 말은 바로 그것이다. 거짓으로 시를 쓰지 않기 때문에 김삼규 시인은 매우 솔직한 시적 진술을 하고, 보고, 듣고, 느낀 그대로 어떤 과장과 가식도 없이 자신의 시적 자아를 드러낸다.

시인이 직접 페르소나가 되어 시를 진술할 때 또 하나 좋은 점은 그렇게 창조된 시는 어렵지 않다는 것이다. 그렇다고 문학성과 예술성이 떨어지는 것도 아니다. 오히려 담담하고 진솔한 시적 진술이 비유 없는 비유가 되어 독자들의 마음을 더욱 사로잡는다. 시인이 자신의 내면의 소리를 정직하게 들려줌으로서 독자들에게 자신도 시인이고, 시인으로 살고, 시를 쓰며 살 수 있다는 치유의 희망과 용기를 주는 것이다. 시가 높은 문학성과 예술성을 지니면서도 어렵지가 않아 독자들의 가슴을 쉽게 파고들며 아프고 상처받은 현실을 희망으로 치유해주는 것이다.(여기서 주의할 것은 어느 대중 시인들의 시처럼 시적 자아가 없는 1차적 진술로 독자들에게 쉽게 다가가는 대중시, 연애시, 상업시 같은 시와 시인이 직접 페르소나가 되어 시적 진술을 한 시는 문학성과 예술성 각도에서 확연히 다르다는 것을 잊으면 안 된다.) 그런데 이러한 시작법은 사물(인식의 대상)을 있는 그대로 보고, 듣고, 느끼는 데서 시작된다. 보는 것을 보는 그대로 보고, 듣는 것을 듣는 그대로 듣고, 느끼는 것을 느끼는 그대로 보고 듣고 느낄 때 더욱 선명하고 뚜렷한 생명(이미지, 상징)의 시를 빚을 수 있다.

프랑스 철학자 피에르 쌍소는 『느리게 산다는 것의 의미·1』(현대신서, 2000)에서 이렇게 이야기하고 있다.

"누군가의 이야기를 '들어 준다'는 행위는 타인을 위로한다는 것 이상의 의미를 갖는다. 단지 위로의 효과를 얻기 위해서라면, 치료요법·수면요법 등을 통해서도 얼마든지 가능하니까. 그렇다면 타인의 말을 듣는다는 것은 어떤 의미를 갖는 것일까? 우리는 타인의 말을 들어 줌으로써 그를 최고의 상태에 이르게 할 수 있다."

쌍소의 이 말을 진입로 삼아 우리는 김삼규 시인의 첫 시집이자 평생의 시업詩業의 문으로 들어갈 수 있다.

2.

　김삼규의 시는 지금도 '듣고 바라보기' 중이다. 그 '듣기'와 '바라보기' 속에서 김삼규는 '사람은 누구나/ 홀로 피는/ 꽃// 홀로 피었다 지는/ 붉은/ 꽃잎'이라고 춥고 외롭고 고독한 사람들에게 따스한 치유의 입김을 불어넣고 있다. 보자. 김삼규 시인의 시가 얼마나 따뜻한 치유의 힘을 지니고 있는지를.

　　　사람은 누구나
　　　홀로 사는
　　　섬

　　　홀로 사는
　　　붉은 반점斑點

　　　사람은 누구나
　　　홀로 피는
　　　꽃

　　　홀로 피었다 지는
　　　붉은

꽃잎

  저 멀리 외로운 바다에 종이배 한 척처럼 떠 있는 '홍도'를 바라보면서, 홍도에 사는 사람들의 이야기를 듣는다. 그리고 외롭고 고독한 그들을 다독인다. '사람은 누구나/ 홀로 사는/ 섬'이라고, '홀로 사는/ 붉은 반점斑點'이라고, 인생에서 섬은 외로움(고독함)의 상징이다. 그러나 그 섬이 '내 안'으로 들어오면 거대한 화산이 되고 별이 되고 우주가 된다. 그러기 위해선 우선 섬의 이야기를 잘 '들어주어야' 한다. 섬의 이야기(삶)을 잘 들어주지 않으면 섬은 결코 내 안으로 들어오지 않는다. 그렇다고 섬에게 어떤 물질적 혹은 정신적 문화적 가치를 씌워서 바라보면 안 된다. 있는 그대로, 나신裸身 그대로의 섬을 어떤 굴절도 없는 직접直接으로 바라볼 때 섬은 섬 그대로 내 안으로 들어온다. 김삼규 시인의 시가 매력적인 것은 홍도紅島처럼 모든 시적 인식의 대상을 직접으로 바라보고 듣는다는 것이다. 그리하여 그것들에게 치유의 따스한 생명애(인간미)를 불어넣는다는 것이다. 이것은 김삼규 시인의 평소 인품이나 삶과도 무관하지 않을 터이다. 인간에 대한 생명애와 사랑하는 마음이 없는 사람이 어찌 한낱 기호에 불과한 사물(섬은 물론 이 우주상의 모든 것)들에게 따스한 치유의 온기를 불어넣을 수 있겠는가. 다음의 시를 보면 우리는 김삼규 시인의 듣기와 바라보기를 통한 따스한 치유의 힘을 더 크고 웅장하게 느낄 수 있다.

하늘에서는
달도 섬이다

하늘에서는
별도 섬이다

바다에서는
섬도 별이다

섬에서
섬으로 사는

푸르러서 더 빛나는
저 별 하나

푸르러서
더 넓고

푸르러서

더 깊은

저

섬 하나

'하늘에서는/ 달도 섬'이라니, '하늘에서는/ 별도 섬'이라니, '바다에서는/ 섬도 별'이라니, 김삼규 시인의 '바라보기'는 이처럼 놀랍다. 여기서 우리는 하늘을 인간세상, 섬을 인간, 달과 별을 아픔과 고통이 없는 이상향이라고 생각해도 좋다. 그렇지만 김삼규 시인은 이들에게 어떤 페르소나도 씌우지 않는다. 그 자신이, 그 자신의 시적 자아가 바로 하늘이 되고 달이 되고 섬이 되고 별이 된다. 그리고 그 모든 것을 이퀄(=)로 연결시켜서 그들이 하는 소리를 듣는다. 그래서 '섬에서/ 섬으로 사는' '인간들(사물, 생명체)'이 아프고 외로워서(푸르러서) '더 빛나는/ 저 별 하나'라고 우리를 다독이며 치유의 체온을 불어넣는다. 그렇지 않은가. 우리는 외로워서(푸르러서) 더 넓고, 외로워서(푸르러서) 더 깊고, 외로워서(푸르러서) 더 빛나는 '저/ 별 하나'들이 아닌가.

3.

그러나 그 '듣고 바라봄의 시학'을 '치유의 시학'으로 이끌어 올리기까지 김삼규 시인에겐 무수한 삶의 연습이 필요했다. 잘 알지는 못하지만, 어떤 욕망과 갈애도 없이 그는 36년을 서울의 한 고등학교에서 평교사(국어선생님)로 삶(사회)의 한 매듭을 지었다. 누구나 되고 싶어 하는 교장 교감도 되려 하지 않고, 아이들 가르치는 동안은 아이들을 경작하는 일에만 천착하기 위해 자신의 모든 갈애와 욕망을 내려놓고 오직 교육에만 몰두했다. 감사한 삶, 여유 있는 삶, 따스한 사랑의 삶, 너와 나의 행복과 치유를 위한 삶이 아니었으면 감히 흉내 내기도 어려운 진짜 '섬' 같은, '별' 같은, 그러나 '바다' 같은, '하늘' 같은 삶을 살았다. 그리고 그 밑바탕엔(어쩌면 가족도 몰랐을) 그의 치열한 삶의 연습이 있었다. 다음의 시에 그것이 잘 나타나 있다.

바다 한가운데
섬 하나 떠 있다

댓돌처럼
노둣돌처럼

바다 한가운데
돌 하나 좌선坐禪*하고 있다

저
어묵동정語默動靜**

저
방하착放下着***

나 하나
너 하나의
―「청산도 3」 전문

　　좌선坐禪이 뭔가. 어묵동정語默動靜이 뭔가. 방하착放下着은
또 뭔가. 좌선은 두 발을 꼬고 앉아 정신을 집중하고 조용히
사색하는 불교 수행법을 말한다. 어묵동정은 말하고, 침묵
하고, 움직이거나 가만히 있을 때, 즉 일상생활의 모든 순간
순간을 말하고, 방하착은 집착하는 마음을 내려놓고 마음을
편하게 갖는 것, 즉 손에 쥔 물건을 던져버리듯 마음속 모든
번뇌와 갈등, 원망, 집착, 욕심 등을 모두 벗어 던져 버리는
것[무소유無所有]을 말한다. 셋 다 불교용어다. 이 가운데 방

하착(무소유)은 불교의 최고 지향점 중 하나다. 그것은 무수한 수행과 닦음을 통해 얻어지는 최고의 진리이자 삶의 궁극적 목표다. 소유가 없는 삶은 번뇌가 없기 때문이다. 그 방하착으로 가는 길목에 바로 좌선이 있고 어묵동정이 있다.

김삼규 시인이 수행법을 익혀 위 수행법대로 살아왔다는 말은 아니다. 수행자(승려)들이 깊은 산속에서 그렇게 수행하며 살 듯 김삼규 시인 역시 그렇게 치열한 자세로 삶을 연습하고 살았다는 말이다. 좀 더 상세히 말하면, 대학에서 국어국문학과 대학원까지 마쳤으면서도 그는 평생 고등학교를 떠나본 적이 없고, 그 바다(하늘)에서 '섬'이 되어 '섬들(제자들)'을 '별'처럼 '달'처럼 빛나게 했다. 하지만, 자신이 그런 '섬'이 되기까지 어찌 간난신고艱難辛苦가 없었겠는가. 그 '섬들'을 하늘의 '별'과 '달'이 되게 하기 위해 얼마나 애간장을 끓이며 그 '섬들'을 껴안고 다독여주고 쓰다듬어주며 치유의 입김을 불어넣어주어야 했던가. 그의 그런 '보고 듣기의 삶' '치유의 삶'은 「홍도紅島」,「하의도荷衣島 1」,「하의도 2」,「화도花島」,「청산도靑山島 1」,「청산도 2」,「청산도 3」,「청산도 4」,「청산도 5」,「청산도 6」,「섬 1」,「섬 2」,「섬 3」,「영산강」,「숲에서」 등 1부 속에 여러 가지 양태로 변주되어 묶여 있다.

4.

그럼 이런 김삼규 시인을 키운 건 뭘까. 김삼규 시인은 어디서 '듣고 바라보기를 통한 치유의 힘'을 얻었을까. 여기서 피에르 쌍소의 다음과 같은 말을 한 번 더 떠올려본다.

> "마음의 고향은 영원하다. 찬란한 제국처럼, 견고한 공화국처럼, 늘 샘솟는 샘물, 늘 당당한 산, 우리의 아련한 유년기처럼……샘은 끊임없이 솟아오르며 움직인다. 오늘날 아무리 물이 오염되었다느니, 규제를 받아야 한다느니 해도,……내 고향 시골은 뚜렷하게 알아차릴 수 있는 친밀한 신호들을 지금도 내게 보내고 있다."

그렇다. 그의 치유의 힘은 어린 날 자주 만났던, 그리고 자주 가서 보았던 유년의 강에서 생겨났다.

> 골담초 하나 따 먹으며
> 징검다리
> 건너고
>
> 골담초 둘 따 먹으며

보릿고개
넘었다

엄마랑 누이랑
훌훌 넘던
강 언덕

골담초 울안
훨훨 날던
노랑나비 한 마리
―「골담초 2」 전문

탐진강 흐르는 강 언덕
순박한 삐비꽃
잠 깨워 놓고
어쩌자고 찔레꽃은
저리 고운가

4월의 강을 건너
동풍에 몸을 싣고
청천의 별 보러 가신

울 엄마

봄이 왔다
가는 길에
혹여 아니 오시나

사무치는
그리움만
바람 타고 왔다 간다
―「엄마」 전문

(※이상 밑줄은 필자가 그음)

　위 2편의 시에서 보는 것처럼 김삼규 시인은 강과 함께 크고 강과 함께 자랐다. 물론 그 강은 그의 고향(장흥)에 있는 강(탐진강)이다. 그는 탐진강 언덕에 나가 '골담초'를 따먹고, '삐비'를 뽑아 먹었으며, '별 보러 가신/ 울 엄마'를 기다렸다. 그 강 언덕을 휠휠 넘어간 '누이'도 기다리며, 탐진강 유역 먼 들판 길을 걸어갔다 걸어오곤 했다. 헌데, 아이러니하게도 아픔과 그리움과 외로움으로 대변되는 이 정한情恨들이 나이를 먹고 가정을 이루고 학교라는 사회를 만나자 치유의 힘으로 변해 시인 자신은 물론 자신의 가족과 제자들과 친구들과 이웃들이 희망과 용기를 갖고 따스하게 살아갈 수 있도록 했다. 그리고 그 정한의 힘이 결국은 그를 시인으로 성장시켰다. 김삼규 시인의 마음에 '뚜렷하게 알아차릴 수 있는 친밀한 (고향의) 신호들'은 지금도 신호를 보내며, 김삼규 시인에게 '(있는 그대로) 보고 듣기를 통한 치유의 힘'으로 '치유의 시'를 쓰게 하고 있는 것이다. 특히 다음의 시는 그런 정한들이 아주 어렸을 적부터 김삼규 시인에게 치유의 힘을 불어넣어주어 시인 자신부터 스스로 치유하는 삶을 살게 했음을 잘 보여주고 있다.

항상 만삭의 옷고름을 풀고 있었다

유년의 징검다리 건너

걷던 들길 끝

항상 삐비꽃을 머금고 있었다

광역의 강 언덕

그 유역에 길이 있었다

나는 늘

그 광역 끝까지

걸어갔다 걸어왔다

풀어헤친 만삭의 옷고름

만지고 왔다

그 만삭의 옷고름이

나를 키웠다

그 삐비꽃이

내 키를 키웠다

　여기서 '만삭의 옷고름'은 두 개의 상징을 갖고 있다. 하나
는 '사람'(아기를 밴 엄마, 또는 누이)이고, 다른 하나는 '탐진강'이

다. 하지만, 여기서는 탐진강으로 한정 짓기로 하자. 강안江岸 가득 흘러가는 탐진강 물을 보며 그는 그 강물을 '만삭의 옷고름을 풀고 있'는 것으로 묘사했다.(탁월한 언어감각이다.) 그리고 '그 만삭의 옷고름이/ 나를 키웠다'고 선언하고 있다. 이 선언이 바로 그 탐진강을 통해 그리움과 외로움과 고독으로 가득 찬 그의 유년의 슬픈가슴을 희망과 꿈으로 스스로 치유하고 있음을 보여주고 있다. 그리고 그 치유의 힘으로 희망과 꿈을 안고 그는 그 넓고 넓은 광역의 강 유역을 돌아다니며 자신의 '길'을 찾고 다졌던 것이다.

한편 그 치유의 힘은 '산'에서도 얻었다. 유년 시절 치유의 힘을 '강'에서 얻었다면 어른이 되어서는 '산'에서 그 치유의 힘을 얻었다. 다음의 시가 그것을 보여주고 있다.

깊고 고요한
침묵의 산

나를 부르는 산
나를 기다려주는 산

나의 마음을 읽어주는 산
나에게 손을 내미는 산

그 누구도 차별하지 않는 산
조화와 평등의 산

큰 산
그러나 낮은 산
―「지리산」 전문

흔적 없이 가을이 사라질지라도
나는 내내 지리산의 가을을 살고 있을 것이다
제석봉 가는 길을 걷고 있을 것이다

내 눈에 어른거리는 가을 지리산
그리운 가을 지리산
지리산의 그 이름

　노랗게 물든 세석평전, 그 아득한 하늘, 바람의 길, 고독
한 낮달이 가는 길, 영겁의 문전을 서성이는 바람들, 가을
무서리에 말라버린 구절초 꽃망울, 명경지수에 비친 내 영
혼의 가을 단풍

　가을 지리산 나의 벗들은

언제나 같은 눈빛으로 나를 반긴다

내 마음도 울긋불긋
다홍빛 연꽃으로 물든다
―「가을 지리산」 전문

　김삼규 시인은 이처럼 (지리)산에서도 치유의 힘을 배우고 키웠다. 하지만 산에서 배우고 키운 치유의 힘은 강에서 배우고 기른 치유의 힘과는 조금 달랐다. 강에서 배운 치유의 힘이 넓이와 공간적 치유의 힘이었다면 산에서 배우고 기른 치유의 힘은 깊음과 침묵과 조화와 평등이었다. 그 깊음과 침묵과 조화와 평등의 힘으로 그는 자신과 이웃들(가족, 제자, 친구)에게 희망과 용기를 주며 치유의 삶을 살아갈 수 있도록 안내하고, 그 길을 스스로 앞장서 갔다.

　산은 또 김삼규 시인에게 더욱 낮고 겸허한 삶을 가르쳐 주었다. 산이 존경과 위엄의 대상이듯 김삼규 시인은 그의 가족은 물론 제자, 친구, 이웃들 앞에서 항상 낮고 겸손한 삶을 살았다. 그가 산을 정복과 성취의 대상이 아니라 존경과 위엄의 스승으로 받아들였기 때문이다. 그리고 그 힘이 자신도 모르는 새 치유의 힘으로 성장한 것이다.

　잘은 모르겠으나, 해마다 그가 지리산을 찾는 것도 그런

연유가 아니가 싶다. 그래서 가지 못하면 '입추 지나고 처서 가까워지니 벌써 바람의 감촉이 다르네/ 이렇게 나의 여름도 가려는가 보네/ 이럴 줄 알았으면 여름을 더 뜨겁게 살 것을// 해마다 가을이면 지리산 보러 갈 마음에/ 여름이 가는 아쉬움보다 기다리는 설렘이 부풀었는데/ 올해는 여름을 보내려니 못내 그냥 눈물이라네'(「편지 6-정년퇴임한 친구의 글에 답하며」 부분)라며, 눈시울을 붉힌다. 그만큼 산은 그의 삶을 일으키고, 그의 삶을 무욕無慾하게 만들고, 그의 삶을 따스하게 빚었다. 그리고 그러한 치유의 삶이 그의 인생을 영원히 「홍역」이게 하고, 「고만이 꽃」이게 했다.

5.

마지막으로, 그 「홍역」과 「고만이 꽃」이 그의 삶에 어떤 치유의 힘으로 작동하고 있는지 살펴보자.

산수유
진달래
붉게 문 여는
소리

붉게

붉게
문 닫는
소리

아파서 아파서
잠들지 못하는
영원의
내 꽃 한 송이

버리지 못하는
무한의
붉은
홍화紅花 한 점
　　―「홍역」 전문

고무신 떠내려간
돌다리 여울목

고만이 꽃
가만히 피어 있네

흰 구름 담고
흐르는 샘물

고만이 꽃
바람의 낟알처럼 피고 있네

물소리 풀벌레 소리
물결치는 가을

불러보는 이름
달무리 진 메아리

수줍은
미소만 가득
　　　　　　－「고만이 꽃」전문

　「홍역」과 「고마니 꽃」('고마니'는 '고마리'의 남도-강진-방언이다)
은 '아파서 아파서/ 잠들지 못하는' '무한의/ 붉은/ 홍화紅
花한 점'이 되어 그의 삶을 '붉게 붉게 문'(이상 「홍역」 부분) 달
고, '고무신 떠내려간/ 돌다리 여울목'에서 '가만히/ 피어'
'수줍은/ 미소' 가득 머금고 '샘물'로 '낟알'(이상 「고만이 꽃」 부

분)로 흐르며 피고 있다. 그 홍화와 샘물과 낱알이 바로 그의 삶의 테제These이고, 그가 힘든 세상을 헤치고 나올 수 있게 한 치유의 힘이었으며, 오늘 그가 길어 올린 치유의 시학이다.

이제 김삼규 시인은 그의 시적 언술처럼 '맬겁시 가슴 애리는' '눈물'을 접고, '암사랑토 안'(이상 「암사랑토 안해야」 부분)하다고 애써 다독이는 어머니의 마음으로 시인으로서의 '순정의/ 단서丹書'(이상 「사랑은」 부분)를 써나가야 한다. 이를 위해 그는 그 많은 인고의 세월을 삶의 노트마다 여백마다 메모해온 치유의 글들을 시로 옮겨 적어야 한다. 그리하여 더 많은 사람들이 그의 치유의 힘을 향수享受하여 시처럼 깊고 아름답고 따스한 삶을 살아갈 수 있도록 도와야 한다. 김삼규 시인에게 남은 마지막 과업이다. 단, 서두르지 않고 '천지간의/ 샛노란/ 기억'(「골담초」 부분)으로 '쉬엄쉬엄'(「봄길」 부분), '암사랑토 안'(「암사랑토 안해야」 부분)케 그 길을 '5월마다/ 영그는/ 나의/ 첫사랑'(「앵두」 부분)처럼 가야 한다.

승한
- 1986년 서울신문 신춘문예 시 당선
- 2007년 조선일보 신춘문예 동시 당선
- 시집: 『수렵도』, 『퍽 환한 하늘』, 『아무도 너의 깊이를 모른다』,
　　『그리운 173』 등
- 산문집: 『나를 치유하는 산사기행』, 『좋아좋아』 외

시담포엠시선 040

내 안에는
섬이 하나 있다

초판 1쇄 2022년 2월 6일
초판 발행 2022년 2월 10일

지은이: 김삼규
펴낸이: 김성규
대 표: 박정이
편집인: 김세영
주 간: 승 한
제작처: 중도기획

펴낸곳: 도서출판 시담포엠
출판등록: 2017년 2월 6일 제 2017-46호
주 소: 서울시 강남구 테헤란로 311-1321호(역삼동, 아남타워)
대표전화: 02-568-9900 010-2378-0446 010-2408-0446
이메일: miracle3120@hanmail.net

ISBN 979-11-89640-17-0 03810

＊이 책의 판권은 지은이와 시담포엠에 있습니다. 이 책 내용의 전부
  또는 일부를 재사용하려면 반드시 양측의 동의를 받아야 합니다.

＊잘못된 책은 구입하신 서점에서 교환해드립니다.
＊기타 교환 문의 : 02-568-9900

시담포엠